Lieber Robbi!

Ein frohes Weihnachtsfest

und alles Liebe

wünscht Dir

Deine Tini

MARK TWAIN & JEAN EFFEL

TAGEBUCH VON ADAM UND EVA

«Ich bin keine Frau, die sich dem ersten besten an den Hals wirft.»

MARK TWAIN & JEAN EFFEL

TAGEBUCH VON ADAM UND EVA

SANSSOUCI

VORBEMERKUNG DES HERAUSGEBERS:

JEDE ÄHNLICHKEIT MIT LEBENDEN FRAUEN ODER MÄNNERN UND DEREN BEZIEHUNGEN IST DURCHAUS BEABSICHTIGT UND KEINESWEGS ZUFALL

Deutsche Übersetzung und Bearbeitung
von Elisabeth Bach

ISBN 3 7254 0291 4

ERSTER TEIL AUS ADAMS TAGEBUCH

Als ich erwachte, war ich nicht mehr allein. Ein neues Geschöpf war da mit langen Haaren.

Sonntag

Während meiner Bewußtlosigkeit muß mir allerhand widerfahren sein, denn ich entdecke links auf der Brust eine Narbe. Es tut zwar nicht weh. Aber der Umstand, daß schon das erste Auftreten des neuen Geschöpfes nicht ohne Narben abgeht, läßt mich wenig Erfreuliches erwarten.

Montag

Das neue Geschöpf mit dem langen Haar ist mir überall im Wege. Immer wartet es auf mich oder läuft mir nach. Das habe ich nicht sehr gern. Ich wollte, es bliebe mehr bei den anderen Tieren ... Heute ist es bewölkt. Es herrscht Ostwind. Wahrscheinlich werden wir Regen bekommen ... Wir? Was heißt «wir»? Wo habe ich dieses neue Wort her?

Jetzt fällt es mir ein: das neue Geschöpf sagt das immer.

Dienstag

Das neue Geschöpf redet unaufhörlich. Es ist vor allem damit beschäftigt, die Dinge beim Namen zu nennen. Den großen Wasserfall, den ich so gern habe, nennt es den Niagara-Fall. Warum, weiß ich wahrhaftig nicht. Es sagt, er sähe einfach so aus, als ob er so heißen müsse. Als ob das ein Grund wäre.

Ich komme überhaupt nicht mehr dazu, etwas selbst zu benennen. Das neue Geschöpf gibt allem, was ihm nur in die Quere kommt, einen Namen – ehe ich das geringste dagegen einwenden kann. Und stets gibt es den gleichen Grund an; daß es so aussähe! Da ist zum Beispiel das Dodo, ein neuer Vogel. Es sagt, man brauche ihn nur anzusehen, und schon weiß man, daß er wie ein Dodo aussieht. Sicher bleibt der Name auch an ihm hängen. Sich deswegen zu ärgern, ist so ermüdend, und nützen tut es auch nicht viel ... Dodo! Wieso sieht er wie Dodo aus? Sehe ich etwa wie Ado aus? Ich nenne mich Adam, und den neuen Vogel nenne ich Dronte, und damit basta!

Mittwoch

Ich habe mir einen Unterschlupf gegen den Regen gebaut, aber ich konnte ihn nicht in Frieden und für mich allein bewohnen. Das neue Geschöpf hat sich einfach aufgedrängt. Als ich versuchte, es nach draußen zu schieben, bekam es ein feuchtes Gesicht, wischte mit dem Rücken seiner Hände darüber und machte ein Geräusch wie manche von den andern Tieren, wenn sie in Not sind. Wenn es nur nicht sprechen wollte! Es plappert ununterbrochen. Das klingt fast, als ob ich dem armen Geschöpf etwas anhängen oder es tadeln wollte; aber so ist's nicht gemeint. Nur habe ich eben nie zuvor eine menschliche Stimme gehört, und jeder neue und fremde Laut, der die feierliche Stille dieser verträumten Einsamkeit unterbricht, beleidigt das Ohr wie ein falscher Ton. Und der neue Laut ist auch immer so schrecklich nah: dicht hinter meiner Schulter oder neben meinem Ohr, erst auf der einen, dann auf der andern Seite. Ich bin ja nur an Töne gewöhnt, die mehr oder weniger aus der Ferne kommen.

Freitag

Das Namengeben geht munter weiter, was ich auch dagegen tun mag. Dabei offenbart es eine Logik, welche der meinen oft widerspricht und deshalb nicht richtig sein kann.

Ich hatte mir einen sehr guten Namen für das Grundstück ausgedacht. Er klang musikalisch und schön: *Garten Eden.* Insgeheim benütze ich den Namen auch noch weiter, aber nicht länger vor der Öffentlichkeit. Das neue Geschöpf sagt, hier sei alles Wald, Felsen und Natur, und deshalb gleiche es keineswegs einem Garten. Es sähe aus wie ein Park. Folglich hat es ihm, ohne mich zu Rate zu ziehen, den neuen Namen *Niagarafall-Park* gegeben. Reichlich eigenmächtig, finde ich. Und ein Schild hat es auch schon aufgestellt:

BETRETEN DES RASENS VERBOTEN!

Das kann nur gegen mich gerichtet sein!

Samstag

Das neue Geschöpf ißt zu viel Obst. Vor allem offenbart es ein beängstigendes Verlangen nach Äpfeln, seitdem es gehört hat, daß uns gewisse davon verboten sind. Es scheint gefährliche Dinge überhaupt sehr zu lieben, wenn es auch behauptet, es esse Obst nur der schlanken Linie

wegen. Wieder ein typisches Zeichen seiner Logik: daß es für sein schlankes Aussehen sogar das Paradies aufs Spiel zu setzen bereit ist.
Heute früh dicker Nebel. Bei Nebel gehe ich nicht aus. Aber das neue Geschöpf kann nicht darauf verzichten, vermutlich aus Neugier! Es geht bei jedem Wetter aus und patscht mir dann mit seinen schmutzigen Füßen hier herein. Und es schwatzt unaufhörlich!
Früher war es hier so schön ruhig.

Sonntag

Heute früh ertappte ich das neue Geschöpf dabei, wie es mit Erdklumpen nach den Äpfeln auf dem verbotenen Baum warf.

Montag

Das neue Geschöpf sagt, sein Name sei Eva. Meinetwegen, ich habe nichts dagegen einzuwenden. Es sagt, so müsse ich es rufen, wenn ich es in meiner Nähe haben wollte. Darauf erwiderte ich, daß der Name dann völlig überflüssig sei. Mit dem Wort «überflüssig» bin ich offenbar in der Achtung des neuen Geschöpfes gestiegen. Es ist tatsächlich ein wirkungsvolles und nützliches Wort, das ich recht oft anwenden werde.
Das neue Geschöpf sagt, es sei kein *Es*, sondern eine *Sie*. Das ist noch höchst fraglich, aber mir ist's ohnehin einerlei. Sie kann sein, was sie will, wenn sie nur ihrer Wege ginge und nicht dauernd schwatzen wollte!

Dienstag

Sie hat das ganze Grundstück mit abscheulichen Schildern und häßlichen Namen verunstaltet:

Sie sagt, der Park würde eine reizende Sommerfrische abgeben, wenn sich nur Gäste einfänden. Sommerfrische! Auch so eine von ihren Erfindungen! Worte, Worte – und alles ohne Sinn! Was ist überhaupt eine Sommerfrische?

Aber ich will lieber nicht daran rühren. Nur keine Fragen stellen, denn sie brennt offensichtlich darauf, einem etwas möglichst ausführlich und laut zu erklären.

Freitag

Neuerdings hat sie sich's in den Kopf gesetzt, von mir zu verlangen, ich solle nicht mehr über den Wasserfall spazieren. Was schadet das denn? Sie sagt, sie zittere jedesmal vor Angst. Ich möchte wissen, was sie das angeht! Ich habe es doch immer getan! Das Hineinspringen ins Kühle macht mir Spaß. Dazu ist doch der Wasserfall da! Wenigstens habe ich das bis jetzt angenommen. Sie aber sagt, er sei einzig und allein des malerischen Anblickes wegen da – genau wie das Rhinozeros und das Mastodon. Sie findet ihn «süß» und «reizend» wie die meisten Dinge, die ihr gefallen. Dabei finde ich ihre Anwesenheit keineswegs «süß» und schon gar nicht «reizend». Ein baldiger Ortswechsel wird mir und dem Niveau meines Wortschatzes gut tun.

Samstag

Letzten Dienstag bin ich ausgerissen. Ich wanderte zwei Tage lang und baute mir dann an einer abgelegenen Stelle einen neuen Unterschlupf. Meine Spuren habe ich, so gut es ging, verwischt. Und doch hat sie mich mittels eines Tieres, das sie «Wolf» nennt und mit dem sie sehr befreundet ist, auch hier aufgestöbert. Als sie mich sah, gab sie wieder diese unangenehmen Jammerlaute von sich und bekam ganz nasse Augen!

Es blieb mir weiter nichts übrig, als mit ihr zusammen zu unserm alten Unterschlupf zurückzukehren. Doch bei der

« Bin ich es trotz allem, das du von den Geschöpfen am meisten liebst? »

ersten Gelegenheit werde ich wieder auswandern. Für immer!
Sie beschäftigt sich mit lauter törichten Problemen. Zum Beispiel will sie herausbekommen, warum die «Löwe» und «Tiger» genannten Tiere Gras und Blumen fressen, während ihre Zähne so geformt seien, als ob sie sich gegenseitig auffressen sollten. Das ist doch Unsinn! Es würde ja bedeuten, daß sie sich töten. Und damit käme das, was man meines Wissens «Tod» nennt, in die Welt. Der Tod aber hat, soviel ich gehört habe, bis jetzt noch keinen Zutritt zu unserem Park. Was in einer ganz bestimmten Hinsicht beklagenswert ist ...

Sonntag

Glücklich überstanden!

Montag

Ich begreife allmählich, wozu die Woche erschaffen wurde: sie gibt einem Gelegenheit, sich von der Sonntagslangeweile zu erholen.
Die Gewißheit, daß man selbst diesem Einfall eine gewisse Originalität nicht absprechen kann, weil doch kein Mensch vor mir darauf gekommen ist, tröstet mich sehr und ermutigt mich, dieses Tagebuch fortzusetzen.
Sie ist schon wieder auf den verbotenen Baum geklettert. Ich habe mit Erdklumpen nach ihr geworfen, bis sie herunterkam. Sie sagt, es hätte gerade niemand geschaut. Das scheint ihrer seltsamen Logik eine hinreichende Rechtfertigung zu sein. Ich sagte es ihr. Das Wort «Rechtfertigung» erweckte ihre Bewunderung. Und auch ihren Neid, glaube ich. Es ist tatsächlich ein gutes Wort.

Dann sagte sie plötzlich, daß ich einfach nicht so gut klettern könne wie sie und deshalb dagegen sei. Schließlich mußte ich mit ihr gemeinsam nochmals auf den Baum klettern, um ihr zu beweisen, daß es mir weder an Geschicklichkeit noch an Mut fehlt.

Dienstag

Sie hat mir erzählt, sie sei aus einer von meinem Körper stammenden Rippe gemacht. Damit scheint sie mir die Schuld an ihrer Existenz zuschieben zu wollen! Ich vermisse zwar keine Rippe, kann aber andererseits die Narbe nicht übersehen. Auf alle Fälle bleiben die Einzelheiten von Evas Herkunft und Vergangenheit reichlich zweifelhaft, was mir wiederum sehr bezeichnend scheint.

Samstag

Gestern ist sie in den Teich gefallen, als sie sich darin betrachtete – was sie meistens zu tun pflegt, wenn sie sich nicht gerade von fremden Tieren beobachtet fühlt.
Sie erstickte fast und sagte hinterher, es sei ein äußerst unangenehmes Gefühl. Dann aber bekam sie es mit dem Mitleid und bedauerte alle Geschöpfe, die im Wasser leben müssen und die sie «Fische» nennt. Sie fährt nämlich munter fort, allen möglichen Dingen Namen anzuhängen – höchst überflüssigerweise, denn wenn sie den Namen ruft, kommen sie ja gar nicht. Aber daraus vermag sie mit ihrer bedauernswerten Logik keine Lehre zu ziehen. Es ist ihr ganz gleichgültig. Sie ruft unermüdlich weiter!

Nun hat sie also gestern abend eine Menge Fische aus dem Wasser geholt und in mein Bett gebracht, damit sie sich aufwärmen sollten. Ich habe die Tiere jedoch die ganze Zeit über beobachtet, und sie scheinen mir keinesfalls glücklicher, als sie vorher waren. Nur viel ruhiger. Wenn es dunkel wird, werde ich sie hinausbefördern und vor die Türe werfen. Ich will nicht noch einmal mit ihnen schlafen, denn sie sind naßkalt und unangenehm schleimig, und es macht keinen Spaß, zwischen ihnen zu liegen, vor allem wenn man so unbekleidet ist.

Sonntag

Glücklich überstanden!

Dienstag

Jetzt hat sie sich mit einer Schlange eingelassen. Die andern Tiere sind außerordentlich froh darüber, denn sie hat immer mit ihnen Experimente gemacht und sie nie in Ruhe lassen können. Ich selbst bin auch froh, denn die Schlange kann sprechen. So kann ich mich doch etwas erholen.

Freitag

Sie sagt, die Schlange habe ihr geraten, die Früchte des verbotenen Baumes zu kosten, denn die Folge davon sei eine große und erhebende Erfahrung. Ich erwiderte ihr, daß es auch noch etwas anderes zur Folge haben würde: der Tod käme in die Welt. Diese Bemerkung war aber leider ein Fehler. Damit habe ich sie nur auf neue Einfälle gebracht: daß sie den kranken Bussard retten und den trübselig herumschleichenden Löwen und Tigern frisches Fleisch verschaffen könne. Ich gab ihr den guten Rat, die Finger von dem Baum zu lassen. Aber sie sagte bloß, sie dächte gar nicht dran.

Schließlich sei ich noch nicht ihr Gebieter. Offenbar wollte sie mich damit zu einer Legalisierung unserer Beziehungen veranlassen. Aber ich tat, als ob ich die provozierende Bemerkung gar nicht gehört hätte.

Mittwoch

Jetzt ist etwas geschehen, von dem sich die Menschheit zeitlebens nicht mehr erholen wird.
Neulich riß ich wieder aus. Ich ritt die ganze Nacht hindurch, so schnell das Pferd nur galoppieren konnte. So hoffte ich, aus dem Park zu entkommen und in ein anderes Land zu gelangen, ehe das Unheil über uns hereinbrechen würde. Doch es sollte nicht sein.
Ungefähr eine Stunde nach Sonnenaufgang, als ich über eine blumenübersäte Wiese ritt, auf der Tausende von Tieren friedlich weideten, schlummerten oder miteinander spielten, wie das so bei ihnen üblich ist, verfielen sie auf einmal in ein entsetzliches Gebrüll und Getöse. Im Nu war die ganze weite Ebene ein schauriges Durcheinander, und alle Tiere zerfleischten sich gegenseitig. Ich wußte sofort, was geschehen war: Eva hatte von der verbotenen Frucht gegessen, und der Tod war in die Welt gekommen. Die Tiger stürzten sich auf mein Pferd und zerrissen es! Nur mit knapper Not konnte ich entkommen.

Donnerstag

Ich fand außerhalb des Parks ein nettes Fleckchen und fühlte mich ein paar Tage lang recht wohl. Aber auch hier hat sie mich aufgestöbert, und natürlich mußte sie der Gegend auch sofort einen Namen geben, weil «sie so aussähe». Dabei hätte ich ihr ganz andere Sachen zu sagen gehabt. Schließlich hat sie alles verdorben. Aber seltsamerweise gelang es mir gar nicht recht, mit ihr böse zu sein. So seltsam es klingt: gerade in diesem ungeeigneten Augenblick zeigte es sich, daß sich mein Gefühl gegenüber Eva verändert hat. Ich war ganz froh, als sie erschien; denn hier ist wirklich nicht viel zu holen, und zum Glück brachte sie ein paar von den bewußten Äpfeln mit. Ich mußte sie essen, es blieb mir weiter nichts übrig, so hungrig war ich. Allerdings verstieß ich damit ganz gegen meine Grundsätze, aber Grundsätze, das habe ich inzwischen herausgefunden, sind zwar gut und schön, aber der Hunger kennt keine Prinzipien!

Überhaupt habe ich mich in der letzten Zeit gelegentlich bei dem Gedanken ertappt, daß Eva ganz verlockend ausschaut. Besonders jene Körperstellen, welche sich von den meinigen unterscheiden, fand ich ganz reizend. Daran mußte ich denken, weil sie nun plötzlich mit Blättern und Zweigen behangen war. Ich fragte sie, was der Unfug zu bedeuten habe, und riß ihr das Grünzeug vom Leibe. Da fing sie an zu zittern und wurde rot. Ich habe noch nie einen Menschen so zittern und rot werden sehen, und ich fand es unschön und idiotisch. Sie sagte, ich würde schon bald genug merken, was los sei.

Und damit sollte sie recht behalten. Denn obwohl ich sehr hungrig war, legte ich den halb angebissenen Apfel beiseite – trotzdem es der schönste Apfel war, der mir je in die Finger gekommen ist, noch dazu in so vorgerückter Jahreszeit – und begann, mich selber mit dem weggeworfenen Grünzeug zu behängen. Dann fiel mein Blick auf sie, und als ich sie so dastehen sah, hörte ich mich voller

Manchmal ist sie von einer wahren Gier nach Sauberkeit erfüllt.

Entrüstung zu ihr reden und ihr befehlen, noch mehr Blätter zu holen und sich nicht so schamlos bloßzustellen. Das tat sie denn auch, und nachher stahlen wir uns auf die weite Ebene, wo die wilden Tiere übereinandergefallen waren. Dort holten wir uns ein paar schöne Felle, und ich befahl ihr, einige Kleidungsstücke für öffentliche Anlässe zu nähen. Sie sind nicht gerade bequem, das stimmt schon, aber Eva scheint von der Aussicht auf öftern Kostümwechsel ganz beglückt zu sein.

Als Gefährtin behagt sie mir allmählich immer besser. Ohne sie wäre ich doch recht einsam und niedergeschlagen, vor allem, seit ich mein Grundstück verloren habe. Außerdem sagt sie, es sei angeordnet worden, daß wir uns unsern Lebensunterhalt selbst verdienen und arbeiten müßten. Da kommt sie mir wie gerufen! Sie kann arbeiten, und ich werde sie dabei beraten.

EIN JAHR SPÄTER

Dienstag

Als ich heute von einem mehrmonatigen Jagdaufenthalt im hohen Norden zurückkam, zeigte mir Eva ein neues, kleines Geschöpf. Sie habe es im Unterholz gefangen, erzählte sie mir, wobei sie rot wurde, als ob mit diesem Fund irgendetwas Geheimnisvolles verbunden sei.

Mittwoch

Sie nennt das Geschöpf Kain. Ein seltsames Ding, das ich nirgends einordnen kann, obgleich meine Kenntnis der Tierwelt schon ganz beachtenswert ist. In gewisser Weise scheint es mir zu gleichen, und es könnte sogar mit mir verwandt sein. Wenigstens behauptet sie das und macht geheimnisvolle Andeutungen, aber meiner Meinung nach ist das ein Irrtum. Schon der Unterschied in der Größe rechtfertigt meine Ansicht, daß es einfach eine neue Gattung ist, irgendein Tier, wahrscheinlich ein Fisch. Als ich es jedoch ins Wasser warf, sank es sofort unter, und sie sprang ihm nach und holte es wieder heraus, ohne mir Zeit zu lassen, das Problem durch einen Versuch abzuklären. Trotzdem glaube ich immer noch, daß es eine Art von Fisch ist. Ihr ist es einerlei, was es ist, denn sie liebt es hemmungslos, und auf keinen Fall will sie es mir für einen zweiten Versuch überlassen. Das ist mir völlig unbegreiflich. Überhaupt ist mir manches an ihr unverständlich. Seit das neue Geschöpf im Hause ist, hat sich ihr Charakter wesentlich verändert. Versuche interessieren sie überhaupt nicht mehr, und früher war sie doch geradezu versessen darauf. Noch nie hat sie ein Geschöpf so geliebt wie gerade dieses, aber einen Grund dafür kann sie offenbar nicht angeben. Sie hat entschieden ihre fünf Sinne nicht mehr beisammen, das merkt man auf Schritt und Tritt. Manchmal trägt sie das Wesen halbe Nächte lang auf den Armen herum, weil es jammert und lieber ins Wasser möchte. Will ich ihm aber zu Hilfe kommen und es in den Teich werfen, dann reißt sie es mir fort, und sie klopft ihm auf den Rücken und macht mit dem Mund komische Geräusche, die es beruhigen sollen. Vor lauter Sorge und Angst benimmt sie sich ganz närrisch.

Sonntag

Sonntags scheint sie grundsätzlich nicht mehr arbeiten zu wollen. Meistens liegt sie träge auf den Fellen und freut sich, wenn das Wesen auf ihr herumkrabbelt. Dann bringt sie alberne Geräusche mit dem Mund hervor und behauptet, das mache ihm Spaß. Oder sie tut so, als wollte sie seine kleinen Flossen auffressen, worüber es lachen muß. So etwas habe ich übrigens noch nie beobachtet, daß ein Fischwesen lachen kann – und deshalb steigen mir doch gewisse Zweifel auf.

Mittwoch

Es ist *kein* Fisch. Das habe ich jetzt einwandfrei festgestellt. Aber deshalb weiß ich noch lange nicht, wohin es gehört. Wenn es unglücklich ist, stößt es ein wahres Teufelsgebrüll aus, aber wenn man ihm gibt, was es haben will, dann ist es zufrieden und gurgelt vor sich hin. Meistens liegt es auf dem Rücken und streckt alle viere in die Luft. Bei einem andern Tier habe ich so etwas noch nie beobachtet. Als ich zu Eva sagte, das Geschöpf sei ein Problem, da bewunderte sie nur das Wort, ohne den Sinn zu erfassen. Meiner Ansicht nach ist es entweder ein Problem oder ein Insekt. Wenn es stirbt, will ich es auseinandernehmen und untersuchen, wie es zusammengesetzt ist. Noch nie hat mir ein Ding solche Rätsel aufgegeben.

DREI MONATE SPÄTER

Dienstag

Das Problem wird immer rätselhafter. Es raubt mir fast den Schlaf. Jetzt liegt es nicht länger still, sondern kriecht auf allen vieren. Doch unterscheidet es sich wesentlich von den andern Vierfüßlern, denn seine Vorderpfoten sind ungewöhnlich kurz. Infolgedessen ragen Kopf und Mittelstück ungeschickt in die Höhe, was häßlich aussieht. Sonst ist es ähnlich gebaut wie wir, doch die Art seiner Fortbewegung beweist, daß es nicht unserer Gattung angehört. Die kurzen Vorderpfoten und die langen Hinterbeine deuten darauf hin, daß es aus der Familie des Känguruhs stammen könnte. Immerhin ist es eine deutlich unterscheidbare Spielart, denn es kann nicht hüpfen wie die echten Känguruhs. Also eine sehr merkwürdige und interessante Abart, die bis jetzt noch nicht katalogisiert worden ist. Da ich es entdeckt habe, fühle ich mich berechtigt, mir den Ruhm dieser Entdeckung für alle Zeiten zu sichern und dem neuen Geschöpf meinen Familiennamen beizulegen. Ich habe es *Kaengurorum Adamiensis* benannt. Zur Zeit, als Eva es im Dickicht fing, muß es ein ganz junges Exemplar gewesen sein, denn seither ist es dauernd gewachsen. Es ist jetzt wohl schon fünfmal so groß wie damals, und wenn es unzufrieden ist, macht es unverhältnismäßig viel mehr Lärm als früher – zwischen zweiundzwanzig- und achtunddreißigmal mehr ungefähr. Mit Gewalt kann man ihm nicht beikommen, im Gegenteil, das macht die Sache nur noch schlimmer. Deshalb gebe ich das Zwangssystem wieder auf, zumal ich ihr gegenüber damit einen schweren Stand hatte. Sie besänftigt es, indem sie ihm gut zuredet und ihm alles gibt, was sie ihm kurz vorher noch energisch verweigert hatte.

Es wäre höchst seltsam, daß es das einzige Exemplar seiner

Art sein sollte, und doch scheint es der Fall zu sein. Denn ich habe mich seit Monaten abgeplagt, noch ein zweites Exemplar zu finden, damit ich es meiner Sammlung einverleiben oder dem ersten als Spielgefährten geben könne. Dann wäre unser erstes Exemplar sicher etwas ruhiger und ließe sich leichter zähmen.

DREI MONATE SPÄTER

Mittwoch

Das *adamitische Känguruh* hört nicht auf zu wachsen. Ich finde es höchst seltsam und beunruhigend. Ich kenne kein Känguruh, das so lange braucht, bis es ausgewachsen ist. Auf dem Kopf hat es jetzt einen Pelz. Keinen eigentlichen Känguruh-Pelz, sondern eher wie unser Haar, nur viel feiner und weicher. Außerdem ist es nicht schwarz, sondern rot. Wenn ich wenigstens ein zweites Exemplar fangen könnte! Doch das scheint aussichtslos: es ist eine neue Spielart und das einzige Exemplar seiner Art, das steht jetzt eindeutig fest. Ich konnte es nämlich gestern beobachten, als ich ein echtes Känguruh einfing und nach Hause brachte. Ich glaubte, unser Stück sei vielleicht einsam und wäre froh, das Känguruh als Spielgefährten zu haben, anstatt so ganz ohne Verwandte aufzuwachsen. Verlassen, wie es ist, unter Fremden, die nichts von seinen Sitten und Gebräuchen verstehen, müßte es doch gewisse verwandtschaftliche Gefühle verspüren, auch wenn es sich nur um einen entfernten Verwandten handelt. Das war jedoch ein grober Irrtum! Beim Anblick des Känguruhs geriet es in solche Angstzustände, daß ich sofort über-

Um zu beweisen, daß ich keine Angst habe, mußte ich heute mit ihr auf den verbotenen Baum klettern.

zeugt war, es habe noch nie ein derartiges Tier gesehen. Am liebsten würde ich ihm die Freiheit zurückgeben. Doch davon will Eva nichts wissen. Das kommt mir merkwürdig grausam vor und sieht ihr gar nicht ähnlich. [In letzter Zeit habe ich immer mehr den Eindruck, daß sie mehr über die Herkunft des geheimnisvollen Wesens weiß, als sie mir einzugestehen wagt.]

FÜNF MONATE SPÄTER

Sonntag

Ein Känguruh ist es auch nicht! Nein! Es kann sich nämlich jetzt auf den Hinterbeinen aufrechthalten, wobei es sich an Evas Finger klammert. Dann torkelt es ein paar Schritte und fällt wieder um. Wahrscheinlich ist es eine Art Bär!

Bären sind übrigens gefährlich, ich beobachtete es bei der Vernichtungsschlacht der wilden Tiere. Darum werde ich unserm Tierchen nicht mehr allzu lange gestatten können, noch weiter ohne Maulkorb herumzulaufen.

VIERZEHN TAGE SPÄTER

Donnerstag

Ich habe ihm den Mund untersucht. Einstweilen ist es völlig unschädlich, denn es hat nur einen einzigen Zahn. Dafür macht es mehr Lärm denn je, vor allem in der Nacht. Ich hielt es für besser, umzuziehen. Doch morgens nach dem Frühstück gehe ich immer hinüber und sehe bei der Gelegenheit gleich nach, ob es wieder neue Zähne bekommen hat. Sowie es den ganzen Mund voller Zähne hat, ist es höchste Zeit, daß wir es fortschicken. Sonst wird es zu gefährlich!

DREI MONATE SPÄTER

Freitag

Soeben zurück von einem langen, langweiligen Jagdausflug. Ich hatte keinerlei Erfolg. Was aber hat sie in der Zwischenzeit fertiggebracht? Ohne sich von unserm Stück Land zu entfernen, hat Eva ein zweites Exemplar eingefangen! Welch ein Glück sie doch hat! Hundert Jahre hätte ich in den Wäldern herumirren können, ohne das langgesuchte zweite Exemplar zu finden! Wieder errötet sie, wenn ich sie nach Einzelheiten frage, und lächelt nur geheimnisvoll.

Sonntag

Ich habe das neue Stück mit dem alten verglichen. Es besteht keinerlei Zweifel, daß sie der gleichen Gattung angehören. Ich wollte gern eins von beiden ausstopfen und meiner Sammlung einverleiben, aber aus irgendeinem Grunde ist sie sehr dagegen. Deshalb mußte ich den Gedanken wieder aufgeben, halte es aber im Interesse der Wissenschaft für äußerst bedauerlich. Es wäre ja ein entsetzlicher Verlust, wenn die Gattung aussterben sollte und der Nachwelt nicht überliefert werden könnte.
Das ältere Geschöpf ist viel zahmer als früher. Es kann lachen, und es schwatzt wie ein Papagei. Da wir auch Papageien haben, hat es das sicher von ihnen gelernt, denn die Gabe der Nachahmung ist auffallend stark bei ihm ausgeprägt.

Eine neue Art Papagei kann es kaum werden, obwohl mich bei diesem Tier wirklich nichts mehr in Erstaunen setzen sollte. Es ist ja bereits alles nur Erdenkliche gewesen seit jenen ersten Tagen, wo ich es für einen Fisch hielt. Das neue Tierchen ist genau so häßlich, wie es das ältere zuerst war: eine gelblichrote Haut, wie rohes Fleisch und Schwefel, und der gleiche merkwürdige Kopf, auf dem sich kein Pelz bilden will. Sie nennt es Abel.

ZEHN JAHRE SPÄTER

Samstag

Es sind Buben! Das wissen wir nun schon seit langer Zeit. Was mich irregeführt hat, war ihre ursprünglich unentwickelte, winzige Gestalt. So etwas war uns noch nie vor Augen gekommen. Jetzt haben wir uns daran gewöhnt. Ein paar Mädchen sind auch schon eingetroffen.
Abel ist ein guter Junge. Kain dagegen ist ein schwieriger Charakter.

Sonntag

Nach all den Jahren muß ich immer mehr einsehen, daß ich mich in Eva anfangs schwer getäuscht habe.
Außerhalb des Parks mit ihr zu leben ist besser, als im Park ohne sie. Zuerst dachte ich immer, sie spräche zu viel. Doch jetzt würde ich es sehr bedauern, wenn diese Stimme verstummen und ich sie nie mehr hören sollte.
Ich denke jetzt oft mit einer gewissen Dankbarkeit an den Apfelbiß, der uns zusammenführte und mich lehrte, ihr gutes Herz und ihr liebes Wesen zu verstehen!

Ende des ersten Teils von Adams Tagebuch

Samstag

«Heute» bin ich fast einen Tag alt. «Gestern» kam ich an. So ist mir wenigstens. Und es wird wohl auch stimmen, denn wenn es ein «Vorgestern» gegeben haben sollte, so habe ich es nicht erlebt, sonst würde ich mich ja daran erinnern. Natürlich kann es auch so gewesen sein, daß es ein «Vorgestern» gegeben hat, und ich habe einfach nicht aufgepaßt. Meinetwegen; in Zukunft werde ich besser aufpassen, und wenn mir zufällig ein «Vorgestern» begegnen sollte, so will ich es mir aufschreiben.

Auf jeden Fall ist es besser, wenn ich meine Erinnerungen mit «Heute» beginne, sonst gibt es nur ein Durcheinander. Mein Gefühl sagt mir, daß diese Aufzeichnungen eines Tages sehr wichtig für die Geschichtsforscher werden könnten.

Ich komme mir nämlich wie ein Versuchsobjekt vor. Ja, genau das: ein Versuchsobjekt! Keiner kann sich so sehr als Versuchsobjekt vorkommen wie ich. Und das bestärkt mich in meiner Überzeugung, daß ich eins bin. Ein Versuchsobjekt, und weiter nichts.

Wenn ich also ein Versuchsobjekt wäre, bin ich's dann ganz allein? Nein, das glaube ich nicht. Alles übrige gehört dazu und macht einen Teil des Versuchs aus. Aber ich bin der Hauptbestandteil des Versuchs, der Mittelpunkt! Das übrige gehört gewissermaßen ergänzend dazu. Ist meine Stellung gesichert? Oder muß ich ständig darum besorgt und auf der Hut sein? Höchst wahrscheinlich das letztere. Ein Gefühl sagt mir, daß ständige Wachsamkeit der Preis jeder Vormachtstellung ist. [Sehr gut formuliert, scheint mir, wenn man bedenkt, wie jung ich bin!]

Heute sieht schon alles viel besser aus als gestern. Bei der Eile, mit der gestern alles fertig werden sollte, wurden die Berge nicht ordentlich aufgeräumt, und einige der großen Ebenen waren so übersät mit Abfall und Überbleibseln, daß es ein betrüblicher Anblick war. Edle Kunstwerke sollten eben nicht in aller Eile fertiggestellt werden. Unsere schöne neue Welt ist wahrlich ein großes Kunstwerk und beinahe vollkommen, trotzdem sie doch in einer Woche geschaffen wurde. Aber an manchen Stellen sind zum Beispiel ein bißchen reichlich viel Sterne, und an andern nicht genug. Doch das kann sicher noch geändert werden. Gestern abend lockerte sich der Mond; er geriet ins Rutschen und fiel aus dem Rahmen des Ganzen. Das ist natürlich ein sehr großer Verlust, und das Herz tut mir weh, wenn ich daran denke. Keines der andern Ornamente und Dekorationen kommt ihm an Schönheit und Vollendung gleich. Er hätte besser befestigt werden müssen. Wenn wir ihn nur wiederbekommen!

Aber wie soll man denn wissen, wo er jetzt ist? Wer ihn hat, wird sich schön hüten, ihn herauszurücken. Das weiß ich ganz genau, denn ich würde es auch so machen. Ich glaube, ich bin im allgemeinen ziemlich ehrlich, nur so viel ist mir schon klar, daß ein Hauptzug meines Wesens die Liebe und die Leidenschaft für alles Schöne ist, besonders wenn es glitzert. Es wäre gewagt, mir einen

«Hast du überhaupt gemerkt, daß ich Blumen auf den Tisch gestellt habe?»

Mond anzuvertrauen, der einem andern gehörte, wenn der andere nicht wüßte, daß ich ihn habe. Natürlich würde ich ihn wieder hergeben, wenn ich ihn etwa am hellichten Tage gefunden hätte, denn da weiß man ja nie, wer zusah, als ich ihn aufhob. Aber wenn ich ihn im Dunkeln fände, dann würde mir schon eine Ausrede einfallen, damit ich ihn unterschlagen könnte. Denn Monde liebe ich nun einmal sehr, sie sind so schön und romantisch. Wir sollten fünf oder sechs haben, dann würde ich nie zu Bett gehen. Immer würde ich auf einer Moosbank liegen und mir die Monde anschauen.
Sterne sind auch ganz hübsch. Ich wünschte, ich hätte welche, dann könnte ich sie mir ins Haar stecken. Aber das ist ziemlich ausgeschlossen. Man sollte nicht glauben, wie weit weg sie sind, und dabei scheinen sie doch so nah zu sein. Gestern abend, als sie zum ersten Mal auftauchten, wollte ich mir einige mit einer Stange herunterholen, aber sie war zu kurz, was mich sehr wunderte. Danach versuchte ich, mit Erdklumpen nach ihnen zu werfen, bis ich schließlich ganz erschöpft war. Ich bekam keinen einzigen – vielleicht, weil ich Linkshänder bin und nicht gut werfen kann. Selbst wenn ich auf einen zielte, den ich gar nicht haben wollte, konnte ich den richtigen nicht erwischen. Aber fast wäre es mir doch geglückt, denn vierzig- oder fünfzigmal sah ich die schwarzen Erdklumpen mitten in einen goldnen Sternenschwarm hineinfliegen und ums Haar einen Stern treffen. Wenn ich mehr Ausdauer gehabt hätte, würde ich zu guter Letzt vielleicht einen bekommen haben.

Ich vergoß also ein paar Tränchen, was bei meinem jugendlichen Alter wohl ganz natürlich ist. Nachdem ich mich beruhigt hatte, nahm ich einen Korb und brach auf zu einer Stelle am äußersten Rande der Welt, wo die Sterne fast den Boden berühren. Dort hätte ich sie leicht mit den Händen pflücken können, was sowieso besser gewesen wäre, weil man sie dann behutsam anfassen kann, ohne sie zu zerbrechen. Doch es war viel weiter, als ich gedacht hatte, und schließlich mußte ich's aufgeben. Ich war so müde, daß ich kaum noch einen Fuß vor den andern setzen konnte. Außerdem schmerzten mich die Füße, denn ich hatte mir Blasen gelaufen.

Nach Hause kam ich auch nicht mehr, es war zu weit. Leider wurde es auch sehr kalt, aber zum Glück traf ich ein paar Tiger, kuschelte mich zwischen sie und hatte es wunderbar mollig und warm. Ihr Atem ist mir, da sie sich von Erdbeeren ernähren, auch sehr sympathisch. Ich hatte noch nie welche gesehen, aber an den Streifen erkannte ich sie sofort. Könnte ich doch ein Tigerfell haben! Das gäbe ein herrliches Kleid ab!

Sonntag

Allmählich kenne ich mich auch besser mit den Entfernungen aus. Zuerst war ich versessen darauf, mir alles anzueignen, was hübsch war, und haschte entzückt danach. Manchmal war es zu weit weg, oder es war ganz in der Nähe, doch durch Dornen von mir getrennt. Ach, da habe ich bittere Erfahrungen gemacht! Habe auch einen Aphorismus darüber verfaßt, meinen ersten, ganz allein in meinem Kopf ausgedacht! *Gestochenes Versuchsobjekt meidet*

Dornen. Sehr beachtlich scheint mir, wenn man bedenkt, wie jung ich bin.
Gestern abend ging ich, immer in einigem Abstand, dem andern Versuchsobjekt nach, um seinen Daseinszweck festzustellen. Brachte es aber nicht heraus. Ich vermute, es ist ein Mann. Zwar habe ich noch keinen Mann gesehen, doch sah es mir ganz danach aus, und deshalb kann ich wohl mit ziemlicher Sicherheit annehmen, daß es ein Mann ist. Ich entdeckte, daß es mich mehr als alle andern Reptilien interessiert – falls es ein Reptil ist! Aber ich nehme doch an, daß es eins ist, denn es hat ungekämmte Haare und blaue Augen und sieht aus wie ein Reptil. Hüften hat es keine: es wird nach unten immer dünner, wie eine Mohrrübe. Wenn es steht, pflanzt es sich breitbeinig hin wie ein Kran, deshalb halte ich es für ein Reptil, obwohl es auch Architektur sein kann.
Anfangs hatte ich Angst vor ihm und lief jedesmal fort, sobald es sich zu mir umdrehte, weil ich dachte, es wolle sich auf mich stürzen. Doch dann fand ich heraus, daß es vor mir ausreißen wollte, und das verletzte natürlich meine Eitelkeit, und ich lief ihm stundenlang nach, immer in einem Abstand von zwanzig Metern, worüber es ganz nervös und wütend wurde. Schließlich kletterte es auf einen Baum, und mir wurde es zu dumm, darauf zu warten, bis es wieder herunterkam. Ich gab es auf und ging heim.

Montag

Heute die gleiche Geschichte. Ich habe es wieder auf den Baum gejagt.

Samstag

Es ist immer noch oben. Es tut, als ob es sich ausruht. Aber das ist natürlich nur eine Ausrede. Der Samstag ist nicht als Ruhetag eingesetzt worden, sondern der Sonntag. Sich auszuruhen scheint mir überhaupt die größte Leidenschaft dieses Geschöpfs zu sein. Es würde mich ermüden, wenn ich mich dauernd ausruhen wollte. Mich macht es schon müde, immerzu bloß so dazusitzen und den Baum zu beobachten. Ich möchte nur wissen, wozu es eigentlich da ist. Habe noch nie gesehen, daß es irgend etwas tut. Gestern abend haben sie den Mond wiedergebracht! Wie glücklich war ich! Ich fand es hochanständig von ihnen! Bald darauf fiel er wieder herunter, aber nun machte er mir keine Sorgen mehr. Man braucht sich nicht zu beunruhigen, wenn man solche Nachbarn hat: sie bringen ihn ja wieder.

Ich hätte ihnen gern eine kleine Aufmerksamkeit erwiesen, um ihnen meine Dankbarkeit zu zeigen. Zum Beispiel hätte ich ihnen einige Sterne schicken können, denn wir haben mehr, als wir brauchen. Ich meine: als ich brauche. Habe schon gemerkt, daß das Reptil sich nichts aus Sternen macht.

Es hat einen gewöhnlichen Geschmack, und liebenswürdig ist es auch nicht. Gestern abend in der Dämmerung hat es sich vom Baum geschlichen und versucht, die getupften Fischchen zu fangen, die im Teich spielen. Ich mußte mit Erdklumpen nach ihm werfen, bis es endlich wieder in den Baum stieg und sie in Ruhe ließ. Möchte wissen, ob es dazu erschaffen wurde, andere Geschöpfe zu fangen? Hat es denn kein Herz? Kein Mitleid mit den kleinen Dingern? Ist es möglich, daß es für solch scheußliche Tätigkeit bestimmt worden ist? Es sieht mir ganz danach aus. Ein Erdklumpen flog ihm an den Kopf, da schimpfte es. Zu meiner unendlichen Freude! Es war nämlich das erste Mal, daß ich Worte vernahm, die ich nicht selbst geäußert hatte. Zwar habe ich seine Worte nicht verstanden, sie schienen aber sehr ausdrucksvoll zu sein. Seit ich entdeckte, daß es sprechen kann, ist mein Interesse an ihm aufs neue erwacht, denn sprechen tue ich gar zu gern. Ich spreche den ganzen Tag und auch nachts im Schlaf, und was ich sage, ist immer sehr interessant. Aber wenn ich jemand hätte, mit dem ich sprechen könnte, dann würde ich doppelt so interessant sein und – falls erwünscht – auch doppelt so viel sprechen.

Wenn das Reptil ein Mann ist, dann ist es kein «es». Das wäre grammatikalisch falsch, nicht wahr? Ich glaube, dann wäre es ein «er». Ja, «er». Gut, ich werde es von jetzt an als Mann betrachten und es «er» nennen, wenigstens bis zum Beweis des Gegenteils. Das finde ich praktischer, als wenn man immer so im Ungewissen schwebt.

Nächster Sonntag

Die ganze Woche bin ich ihm gefolgt, um endlich seine Bekanntschaft machen zu können. Ich mußte sprechen, denn er war schüchtern, aber das stört mich weiter nicht. Es schien ihm zu gefallen, daß ich da bin. Ich gebrauchte sehr oft das Wörtchen «wir», denn anscheinend fühlte er sich geschmeichelt, daß ich ihn mit einbezog.

Ich gab ihm die Keule erst, als er mir ein neues gestreiftes Kleid versprach.

Wir verstehen uns jetzt schon recht gut, und jeden Tag lernen wir uns besser kennen. Er versucht nicht länger, mir aus dem Wege zu gehen, was ein gutes Zeichen ist. Es kommt mir so vor, als ob er sich über meine Anwesenheit freut. Darüber bin ich froh. Ich gebe mir Mühe, mich nützlich zu machen, damit ich in seiner Achtung steige. Seit einigen Tagen habe ich ihm die ganze Arbeit mit dem Benennen der Tiere und Dinge abgenommen. Anscheinend ist er sehr dankbar dafür, denn diese geistige Arbeit ist nicht gerade seine starke Seite, und nun ist er geradezu erleichtert. Er kann sich beim besten Willen keine gescheiten Namen ausdenken; aber ich lasse es mir nicht anmerken, daß ich seine Schwäche durchschaut habe. Sobald ein neues Geschöpf auftaucht, gebe ich ihm sofort einen Namen, ehe er sich durch verlegenes Schweigen bloßstellen kann. Dadurch habe ich ihn schon vor mancherlei Dummheiten bewahrt.

Ich persönlich leide nicht an solcher Phantasielosigkeit. Im gleichen Augenblick, wo ich ein Tier zum ersten Mal sehe, weiß ich bereits, wie es heißt. Da brauche ich gar nicht erst nachzudenken. Im Nu rufe ich den richtigen Namen, als ob ich inspiriert wäre, und sicher ist es auch nur als Inspiration zu erklären, denn eine Sekunde davor dachte ich noch nicht im Traum an den Namen. Die Gestalt und das Gebaren des Tieres genügen anscheinend, daß ich sofort weiß, um welches Tier es sich handelt.

Als zum Beispiel das Dodo erschien, dachte er, es sei ein Dronte – ich las es in seinen Augen. Aber ich bin rücksichtsvoll. Bin mit dem größten Takt vorgegangen, damit er sich nicht in seinem Stolz verletzt fühlen konnte. Mit vollkommen natürlicher Stimme – so, als ob ich freudig überrascht sei, und nicht etwa, als ob ich ihn belehren wollte – rief ich: «Nein, so etwas! Da kommt ja das Dodo!» Dann erklärte ich ihm – aber natürlich auch nicht in Form einer Belehrung –, woher ich wußte, daß es ein Dodo sei. Obwohl er ein wenig gekränkt schien, weil ich das Tier kannte und er nicht, bewunderte er mich doch offensichtlich. Das hat mir viel Freude gemacht, und ich dachte noch vor dem Einschlafen mit großem Vergnügen daran. So wenig ist nötig, um uns glücklich zu machen, vor allem, wenn wir wissen, daß wir es verdient haben.

Donnerstag

Mein erster Kummer! Gestern ging er mir aus dem Wege. Ich hatte den Eindruck, als wolle er nicht, daß ich ihn anredete. Erst konnte ich es gar nicht recht glauben und hielt es für ein Mißverständnis, denn ich selbst bin ja so gern mit ihm zusammen und liebe es, ihn sprechen zu hören. Wie konnte er mir also böse sein, da ich ihm ja nichts getan hatte? Doch schließlich begriff ich, daß es tatsächlich stimmte, und zog mich zurück. Ich setzte mich an eine einsame Stelle im Wald, wo ich ihn zum ersten Mal an jenem Morgen erblickt hatte, doch damals wußte ich nicht, wer er war, und beachtete ihn nicht. Aber jetzt war es mir dort recht trübselig zumute, denn alles, auch die kleinste Kleinigkeit schien mich an ihn zu erinnern, und das Herz wurde mir schwer. Ich wußte nicht so richtig, warum eigentlich – es war ein ganz neues Gefühl. Noch nie hatte ich etwas Ähnliches empfunden, darum war es so rätselhaft, und ich konnte mir nicht darüber klar werden. Doch als es dunkel wurde, konnte ich die Einsamkeit nicht länger ertragen und ging zu dem neuen Unterschlupf, den er sich gebaut hat, und fragte ihn, was ich ihm angetan hätte und wie ich es wieder gutmachen könne, damit er mir nicht länger böse sei. Aber er jagte mich in den Regen hinaus, und das war mein erster Kummer.

Sonntag

Alles ist wieder gut – und ich bin glücklich! Es waren jedoch schlimme Tage, die ich hinter mir habe. Von den Nächten nicht zu reden! und ich denke nicht gern daran zurück, wenn ich es vermeiden kann.

Ich versuchte, ihm ein paar von den Äpfeln zu verschaffen, aber so sehr ich mir auch Mühe gab, ich konnte es einfach nicht lernen, richtig zu werfen. Es half alles nichts, und ich mußte es aufgeben. Doch glaube ich, daß ihn auch die gute Absicht erfreut hat. Es sind verbotene Früchte, und er sagte, ich würde nichts als Ärger davon haben. Aber was macht das schon, wenn ich ihm eine Freude bereiten kann? Da will ich gerne leiden. Abgesehen davon, daß ich gerne wüßte, was für Folgen es hat.

Montag

Heute früh sagte ich ihm, wie ich heiße. Ich hatte gehofft, er würde sich dafür interessieren. Aber es war ihm ganz gleichgültig. Ist das nicht seltsam? Wenn er mir anvertrauen würde, wie er heißt, wäre es mir durchaus nicht einerlei. Im Gegenteil, für meine Ohren wäre sein Name der schönste Klang von der Welt. Er spricht sehr wenig.

Gestern hat sie ihr erstes Kleid genäht.

Kommt es vielleicht daher, daß er nicht intelligent ist und darunter leidet und es gern verheimlichen möchte? Das wäre ja traurig, denn was bedeutet schon Verstand? Auf das Gemüt allein kommt es an. Wenn ich ihm doch klarmachen könnte, daß man reich ist, wenn man ein gutes, liebevolles Herz hat.

Dienstag

Obgleich er so wenig spricht, hat er doch einen sehr großen Wortschatz. Heute früh benutzte er ein erstaunlich treffendes Wort. Offenbar war er sich selbst darüber klar, wie treffend es ist, denn er wandte es später noch zweimal an, als ob es ihm ganz geläufig sei. Mich konnte er nicht täuschen, doch bewies es mir immerhin, daß er ein Körnchen Wahrnehmungsvermögen besitzt. Und wenn dies Körnchen richtig gepflegt würde, könnte es sich bestimmt entfalten.

Wo er nur das Wort gefunden haben mag? Ich kann mich nicht entsinnen, es je benutzt zu haben.

Nein, für meinen Namen interessiert er sich überhaupt nicht. Ich gab mir Mühe, ihn meine Enttäuschung nicht merken zu lassen; aber ich fürchte, es gelang mir nicht ganz. Ich ging fort, setzte mich auf die Moosbank und ließ die Füße ins Wasser hängen. Dort gehe ich stets hin, wenn ich mich nach Gesellschaft sehne, nach einem Wesen, das ich ansehen und mit dem ich plaudern kann. Auf die Oberfläche des Teiches ist ein entzückender weißer Körper gemalt, aber wenn es auch nur ein Gemälde ist, so ist es doch da und ist wirklich, und das ist besser als völlige Einsamkeit. Wenn ich spreche, spricht es auch. Wenn ich

traurig bin, ist es ebenfalls traurig. Sein Mitgefühl tröstet mich.
Als sie das erste Mal von mir ging – ach, diesen Kummer werde ich nie vergessen! Nie, niemals! Das Herz war mir schwer wie Blei. Ich rief: «Sie war mein alles, und jetzt ist sie fort!» Wenn mir doch das Herz brechen wollte, dachte ich in meiner Verzweiflung: «Ohne sie ist mir das Leben unerträglich!» Ich vergrub mein Gesicht in die Hände und wußte mir keinen Trost.
Doch als ich nach einem Weilchen aufsah, war sie wieder da: weiß und schimmernd und schön – so schön, daß ich ihr in die Arme sprang.
Das war ein Glück, wie ich es in solcher Vollendung noch nie erlebt hatte! Es war Ekstase. Seither habe ich nie wieder an ihr gezweifelt. Manchmal blieb sie fort – vielleicht eine Stunde, vielleicht fast einen ganzen Tag – doch ich wartete und zweifelte nicht an ihr. Ich sagte mir: sie hat zu tun, oder sie hat eine Wanderung vor, doch kommen wird sie bestimmt.
Und so war es auch immer: stets kam sie zurück. Nur in der Nacht, wenn es dunkel ist, kommt sie nicht, denn sie ist ein ängstliches kleines Ding. Doch wenn der Mond scheint, ist sie wieder da. Ich fürchte mich nicht im Dunkeln, aber sie ist schließlich jünger als ich. Sie wurde ja nach mir geboren. Unzählige Male habe ich sie besucht. Sie ist mein Trost und meine Zuflucht, wenn mir das Leben schwer wird, und das ist leider meistens der Fall.

Mittwoch

Den ganzen Vormittag habe ich damit zugebracht, unser Grundstück zu verschönern. Zuerst habe ich ein Groß-Reinemachen veranstaltet! Ich bin ihm dabei absichtlich aus dem Wege gegangen, weil ich gehofft hatte, er würde sich dann einsam fühlen und zu mir kommen. Aber er kam nicht ...

Gegen Mittag hörte ich auf zu arbeiten. Um mich zu entspannen, tollte ich mit Bienen und Schmetterlingen herum und freute mich an den Blumen, diesen himmlischen Geschöpfen, die sich Gottes Lächeln einfangen und es zurückstrahlen. Ich pflückte sie und wand mir Sträuße und Girlanden daraus, und zum Essen – Apfeldiät – schmückte ich mich damit. Doch er kam nicht ...

Ach, es schadet nichts. Aus Blumen macht er sich ohnehin nichts. Ich merkte es, als ich unlängst den Eßtisch damit schmückte. Er nennt sie Grünzeug, kennt die verschiedenen Arten nicht und ist obendrein noch stolz darauf, daß er so denkt. Er macht sich nichts aus mir, nichts aus Blumen, nichts aus dem schön gefärbten Abendhimmel. Aus gar nichts macht er sich etwas. Er will sich nur Hütten bauen, in denen er sich vor dem guten, reinen Regen verkriechen kann, und pocht an die Kürbisse, untersucht die Trauben, befühlt die Früchte – die Bäume –, alles nur, um zu sehen, wie es um sein Hab und Gut bestellt ist ...

Donnerstag

Heute habe ich durch Zufall entdeckt, wie man durch Reiben von trockenem Holz Feuer machen kann. Zuerst erfand ich die Sache und dann das Wort, und auf beides bin ich sehr stolz. Eigentlich wollte ich ein Stück Holz, das mir sehr gefiel und das ich zu einem Kamm verarbeiten wollte, so lange an einem anderen reiben, bis es schön glatt würde. Aber wer beschreibt meinen Schreck, als plötzlich ein durchsichtiger blauer Rauchschleier aufstieg und ein seltsamer Geruch die Luft erfüllte? Ich warf alles hin und lief weg. Ich glaubte, es sei ein Geist, und war furchtbar erschrocken. Als ich mich umsah, merkte ich, daß mich nichts verfolgte. Darum lehnte ich mich atemlos gegen einen Felsen, ruhte mich aus und wartete, bis meine zitternden Glieder sich wieder beruhigt hatten. Dann kroch ich vorsichtig zurück, bereit, beim geringsten Verdacht wieder fortzuspringen. Als ich dicht davor war, schob ich die Zweige eines Rosenbusches beiseite und spähte mutig hervor – ich muß ein hübscher Anblick gewesen sein, schade, daß er mich nicht sah!

Der Geist war nicht mehr da, also trat ich näher und entdeckte auf dem Holz eine winzige Spur graurötlichen Staubes. Um ihn zu befühlen, steckte ich den Finger darauf, schrie aber «Au!» und zuckte zurück. Es war ein schneidender Schmerz. Mit dem Finger im Mund tanzte ich von einem Fuß auf den andern und jammerte und war nun doch froh, daß *er* mir nicht zuschaute. – Es war ein schneidender Schmerz. Aber bald hatte ich mein Mißgeschick vergessen, denn die Neugierde war in mir erwacht, und ich begann die Sache zu untersuchen.

Was mochte das nur für ein graurötlicher Staub sein? Auf einmal kam mir sein Name in den Sinn: es war das *Feuer!* Ich hatte etwas erschaffen, das vorher nicht da war. Den unzähligen Schätzen der Erde hatte ich etwas Neues hinzugefügt. Als mir das klar wurde, war ich plötzlich ganz stolz auf meine Erfindung und wollte sofort zu ihm laufen und es ihm erzählen, um so in seiner Achtung zu steigen. Aber dann dachte ich nach – und ließ es sein. Nein, er würde sich ja doch nichts daraus machen. Er würde nur fragen, wozu es nütze sei, und was konnte ich darauf antworten? Denn wenn es nicht zu etwas nütze, sondern nur schön, nichts als schön war ...

Ich seufzte also und suchte ihn nicht auf. Es war tatsächlich nutzlos. Man konnte keine Hütte damit bauen, nicht die Obstbäume damit veredeln, nicht die Kürbisse damit düngen. Es war unnütz ... dummer, törichter Tand. Er würde es nur verachten und bissige Bemerkungen machen.

Ich machte mich wieder an die Arbeit. Als ich eine ordentliche Menge Feuerstaub hergestellt hatte, schüttete ich ihn in ein Nest aus fahlem, trockenem Gras, in dem ich es nach Hause tragen und mir aufheben wollte. Der Wind jedoch fiel darüber her. Da richtete es sich wütend auf und spuckte nach mir, und ich ließ es fallen und lief fort. Als ich mich umsah, war der feine bläuliche Geist wieder da, bäumte sich auf und machte sich breit und wälzte sich wie eine Wolke weiter. Sofort wußte ich seinen Namen – «Rauch» – obwohl ich noch nie vorher etwas vom Rauch gehört hatte, das kann ich beschwören.

Bald schossen leuchtende gelb und rote Fackeln aus dem Rauch hervor, und im Nu nannte ich sie «Flammen», und auch damit hatte ich recht, obwohl es die ersten Flammen

Ihre Neugier treibt sie in immer höhere Regionen.

waren, die ich je in meinem Leben gesehen habe. Sie fielen über die Bäume her, kletterten hinauf, funkelten und leuchteten prachtvoll inmitten der riesigen, immer größer werdenden Rauchwolke, und ich mußte in die Hände klatschen und vor Begeisterung lachen und tanzen, so neu und wunderbar und herrlich war alles.

Er kam herbeigerannt, blieb stehen und staunte und sagte lange Zeit kein Wort. Dann fragte er mich, was das sei. Ach, warum stellte er seine Frage so geradezu? Nun mußte ich natürlich antworten. Und ich tat's. «Das ist das Feuer!» sagte ich.

War es etwa meine Schuld, daß er sich ärgerte, weil ich etwas wußte und er mich danach zu fragen hatte? Ihn ärgern wollen – nichts lag mir ferner! Nach einem Weilchen fragte er:

«Wieso ist es hier?»

Wieder eine unverhüllte Frage, und wieder mußte ich ehrlich Auskunft geben:

«Ich habe es gemacht.»

Das Feuer wanderte weiter und weiter. Er ging an den Rand der verbrannten Stelle, betrachtete den Boden und fragte:

«Was ist denn das?»

«Holzkohle», sagte ich.

Er nahm ein Stück in die Hand, als wolle er es näher untersuchen, wurde dann aber anderen Sinnes und ließ es fallen. Dann ging er fort. *Nichts* interessiert ihn.

Ich dagegen interessiere mich leidenschaftlich für das Feuer. Zuerst der feine graurötliche Staub – das war die

«Asche». Und nun die «Holzkohle», das war natürlich «Glut». Ich erkannte sie sofort.
Zum Glück fand ich noch einige meiner Äpfel wieder. Ich scharrte sie unter der Glut hervor und freute mich, denn ich bin jung und habe einen erstaunlichen Appetit. Aber als ich sie in der Hand hielt, war ich sehr enttäuscht: sie waren alle aufgeplatzt und scheinbar verdorben. Doch nur scheinbar. Im Grunde schmeckten sie mir jetzt viel besser als vorher. Feuer ist etwas Herrliches. Eines Tages wird es sich noch als eine äußerst nützliche Erfindung erweisen, davon bin ich jetzt fest überzeugt.

Freitag

Montag abend in der Dämmerstunde sah ich ihn noch einmal, aber nur einen Augenblick. Ich hatte gehofft, er würde mich loben, weil ich unser Grundstück sauber gemacht und verschönert hatte. Es war in der besten Absicht geschehen, und den ganzen Tag hatte ich schwer gearbeitet. Aber er war nicht zufrieden, drehte sich kurz um und ließ mich allein.
Und noch über etwas anderes ärgerte er sich. Ich wollte ihn wieder davon abbringen, über die Fälle zu gehen. Ich habe durch das Feuer ein neues Gefühl kennengelernt, etwas ganz Neues, das sich deutlich unterscheidet von Liebe, Kummer und anderen Gefühlen, die ich bereits entdeckt hatte: nämlich die Angst! Angst ist etwas Schreckliches! Ich wünschte, ich hätte diese Entdeckung nie gemacht. Denn seither leide ich an Depressionen, bin nicht mehr ununterbrochen glücklich und muß oft zittern und fast verzagen.

Jedoch gelang es mir nicht, Adam von seinem Vorhaben abzubringen. Er hat eben die Angst noch nicht entdeckt.

Ende des ersten Teils von Evas Tagebuch.

Samstag

Vielleicht sollte ich mir ständig vor Augen halten, wie jung sie noch ist – das reinste Kind – und deshalb nachsichtiger mit ihr sein. Sie quillt förmlich über vor Interesse, Eifer und Unternehmungsgeist. Für sie ist die Welt nichts als Wunder und Geheimnis, Freude und Herrlichkeit. Wenn sie eine neue Blume entdeckt, gerät sie ganz aus dem Häuschen, streichelt und herzt sie und gibt ihr die schönsten Kosenamen. Und auf Farben ist sie auch ganz versessen: die braunen Felsen, der gelbe Sand, das graue Moos, das grüne Laub und der blaue Himmel? Dazu noch die perlmutterfarbene Dämmerung, die violetten Bergschatten, goldene Wolkeninseln, die bei Sonnenuntergang in einem Pupurmeer schwimmen, der bleiche Mond, der durch ein Spitzenwerk von Lämmerwölkchen segelt, Sterne, die gleich Edelsteinen im weiten Weltraum glitzern – alles ohne den geringsten praktischen Wert, soweit ich es beurteilen kann. Und bloß weil sie Farbe haben oder gewaltig sind, verliert sie schon den Kopf.

Warum kann sie sich denn nie beruhigen und einmal ein paar Augenblicke still sein? Es wäre ein so friedlicher Anblick! In solchem Falle würde es mir vielleicht Freude machen, sie anzuschauen, ja, es scheint mir sogar ziemlich sicher zu sein. Denn allmählich sehe ich ein, daß sie ein ganz auffallend hübsches Geschöpf ist: schlank, geschmeidig, gerade, von südlichen Formen, gut gewachsen, zierlich und anmutig. Als sie eines Tages marmorweiß und von der Sonne überflossen mit in den Nacken geworfenem Kopf auf einem Felsen stand und die Augen mit der Hand beschattete, um einem Vogel nachzublicken, da sah ich, daß sie geradezu schön ist.

Montag mittag

Wenn irgend etwas auf diesem Planeten sie *nicht* interessieren sollte, so wäre es mir unbekannt. Manche Tiere lassen mich völlig kalt – aber bei ihr wäre so etwas einfach unmöglich. Sie macht keinerlei Unterschiede, weil es ihr nämlich an Urteilsvermögen fehlt. Sie freundet sich mit allen an, findet sie alle süß, und jedes neue Tier begrüßt sie mit tausend Freuden. Als der mächtige Brontosaurus auf unser Grundstück stampfte, betrachtete sie ihn als glänzende Neuerwerbung. Mir aber erschien er wie ein Schicksalsschlag: ein typisches Beispiel dafür, wie unsere Ansichten auseinandergehen. Sie wollte ihn zähmen, ich dagegen wollte ihm unser Grundstück schenken und selbst das Feld räumen. Sie glaubt, er könne durch gütigen Zuspruch gezähmt werden und würde dann ein nettes Spielzeug abgeben. Ich sagte ihr jedoch, daß ein Vieh von sieben Metern Höhe und achtundzwanzig Metern Länge nicht gerade als Schoßhündchen geeignet sei und auch sonst nicht auf unser Grundstück passe, denn selbst bei den besten Absichten könnte es, ohne etwas Böses im Sinne zu haben, sich eines Tages auf unser Haus setzen und es zerquetschen. Man braucht ihm ja nur in die Augen zu sehen und weiß sofort, daß es meistens zerstreut ist.
Aber sie hatte es sich nun einmal in den Kopf gesetzt, das Ungeheuer als Haustier zu behalten, und davon war sie

Als der Leopard sah, daß sie sich wieder im Wasserspiegel betrachtete, schaute er diskret weg.

nicht abzubringen. Sie plante die Anlage einer Milchfarm, in der wir es hätten verwenden können, und verlangte von mir, daß ich es melken sollte. Aber das wollte ich nicht. Es schien mir zu gewagt, und wir besaßen auch keine Leiter.

Dann hatte sie einen neuen Einfall und wollte es als Reittier benutzen, um die Umgegend besser kennen zu lernen. Zehn bis zwanzig Meter Schwanz lagen ganz zugängig auf der Erde, wie ein umgefallener Baumstamm. Dort begann sie hinaufzuklettern, hatte sich aber auch hier verrechnet, denn als sie an die steile Stelle kam, hatte sie keinen Halt mehr, rutschte ab und wäre zu Schaden gekommen, hätte ich nicht daneben gestanden.

War sie nun überzeugt? Nicht die Spur! Nichts überzeugt sie, nur Tatsachen. Theorien, die nicht erprobt sind, liegen ihr gar nicht, davon will sie nichts wissen. Eigentlich eine gesunde Auffassung, das gebe ich zu, ja ich fühle mich seltsam angezogen und könnte diesem Gedanken unterliegen, wenn ich längere Zeit mit ihr zusammen wäre, und ihn mir schließlich gar zu eigen machen.

Eine besondere Idee kam ihr ganz zuletzt noch: Sie glaubte, wenn wir den Koloß zähmen könnten, so daß er freundschaftliche Gefühle für uns hegte, dann könnten wir ihn in den Fluß stellen und als Brücke benutzen. Leider stellte es sich heraus, daß er bereits mehr als zahm war – wenigstens ihr gegenüber. Denn als sie die Idee durchführen wollte, mißlang der Versuch. Jedesmal, wenn sie ihn schön praktisch im Fluß aufgebaut hatte und ans Ufer ging, um das Wasser auf seinem Rücken zu überqueren, dann lief er ihr nach und zottelte wie ein Riesenschoßhündchen hinter ihr drein. Genau wie die andern Tiere auch! Das tun sie alle! Alle!

Ich fühle mich sehr benachteiligt!

Ende des zweiten Teils von Adams Tagebuch

Freitag

Dienstag, Mittwoch, Donnerstag und heute: und all die Tage habe ich ihn nicht gesehen! Wenn man allein ist, so ist es eine lange Zeit. Immerhin ist Alleinsein besser als Unerwünschtsein.

Für mich ist Gesellschaft aber unerläßlich und unbedingt lebensnotwendig. Ich muß wohl zu diesem Zwecke erschaffen sein, nehme ich an, weil ich mich immer nach Gesellschaft sehne. Aus diesem Grunde habe ich mich auch mit den Tieren angefreundet. Sie sind einfach reizend, haben die nettesten Charaktereigenschaften und sehr gute Umgangsformen. Nie sind sie verdrießlich, nie behandeln sie einen, als käme man ungelegen. Sie lächeln, wedeln mit dem Schwanz [falls sie einen haben] und sind immer bereit, vergnügt herumzustrolchen oder einen Ausflug zu unternehmen oder auf sonst einen Vorschlag einzugehen. Ich finde, sie sind perfekte Gentlemen. All die letzten Tage haben wir uns ausgezeichnet unterhalten, und es ist mir nie einsam zumute gewesen.

Einsam – haha –, das kann man wahrhaftig nicht sagen. Ich bin immer von einer ganzen Horde umgeben, manchmal mehrere Wiesen voll, und zählen kann man sie überhaupt nicht. Wenn man mitten unter ihnen ist und auf einen Felsblock steigt, um sie besser zu betrachten, dann sieht man nichts als ein bepelztes, getupftes und gestreiftes Gewimmel und Gewoge, das man für einen See halten könnte, wenn man's nicht besser wüßte. Ganze Schwärme

von geselligen Vögeln kommen dazu, die vor lauter Flügelbrausen einen wahren Sturmwind hervorrufen. Und wenn nun die Sonne auf diese gefiederte Welt scheint, dann flammt sie auf in allen Regenbogenfarben, daß einem fast die Augen übergehen.
Wir haben große Wanderungen unternommen, und ich habe ein gutes Stück von der Welt gesehen. Fast alles, glaube ich. Also bin ich der erste Tourist – und auch der einzige.
Es ist ein überwältigender Anblick, wenn wir uns in Marsch setzen. Mit nichts vergleichbar. Um es mir bequemer zu machen, reite ich auf einem Tiger oder Leoparden. Ihr Fell ist weich, und der Rücken ist von guter Paßform für mich. Außerdem finde ich sie sehr schön. Für große Strecken ziehe ich aber den Elefanten vor, allein schon wegen der besseren Aussicht. Mit dem Rüssel hebt er mich auf seinen Rücken, doch herunter komme ich ohne seine Hilfe. Wenn wir lagern wollen, kniet er sich nieder, und ich rutsche ihm den Rücken hinunter.

Mittwoch

Untereinander sind die Tiere und Vögel alle freundlich. Sie haben nie Streit. Alle können sprechen, und sie reden auch mit mir, aber es muß eine Fremdsprache sein, die sie benützen, denn ich kann kein Wort verstehen. Doch wenn ich antworte, verstehen sie mich sehr gut, vor allem der Hund und der Elefant. Ziemlich beschämend für mich. Es beweist mir, daß sie klüger sind als ich, also mir überlegen. Das verstimmt mich etwas, denn ich wollte doch das bedeutendste Versuchsobjekt sein.

Ich habe mancherlei Dinge gelernt und kann wohl sagen, daß meine Bildung abgeschlossen ist. Das war natürlich im Anfang noch nicht der Fall. Zuerst war ich sehr unwissend. Wie oft ärgerte ich mich, daß ich trotz aller Fixigkeit das Wasser nie dabei erwischen konnte, wenn es wieder stromauf heimwärts floß. Jetzt ist es mir einerlei, weil ich es besser verstehe. Nach so und soviel Versuchen habe ich feststellen können, daß das Wasser nur im Dunklen stromauf fließt. Ich habe es aus der Tatsache gefolgert, daß der Teich nie leerläuft, was natürlich eintreffen würde, wenn das Wasser nicht nachts in ihn zurückflösse. Es ist immer am sichersten, wenn man alles an Hand von Versuchen beweist – nur dann *weiß* man es. Mit Vermuten und Voraussetzen lernt man nie etwas Positives. Manches allerdings läßt sich einfach nicht entdecken, aber durch Voraussetzungen und Hypothesen bekommt man es erst recht nicht heraus. Man muß nur geduldig sein und weiter Versuche anstellen, bis man endlich entdeckt, daß man's nie und nimmer entdecken wird. Und ist es nicht herrlich, daß es so ist? Dadurch wird die Welt ja gerade interessant. Wenn nichts zum Entdecken übrigbliebe, wäre es recht langweilig. Etwas entdecken wollen, auch wenn alles fehlschlägt, ist sogar ebenso interessant – wenn nicht interessanter –, als entdecken wollen und Erfolg dabei haben. Das Geheimnis des Wassers zum Beispiel war wie ein Schatz, dem ich auf der Spur war, und als ich ihn gefunden hatte, war es aus mit der Sensation, und es war mir, als habe ich etwas verloren.

Durch Versuche habe ich festgestellt, daß Holz schwimmt, ebenso trockene Blätter, Federn und viele andere Dinge. Wegen dieser Fülle von Beweismaterial darf ich schließen, daß auch ein Felsblock schwimmen kann. Aber man muß sich mit dieser Schlußfolgerung begnügen – denn ich sehe noch keinen Weg, es auch durch Versuche zu beweisen.

Das heißt, bis jetzt sehe ich noch keinen Weg. Zweifellos werde ich es noch entdecken, und dann ist es auch mit dieser Sensation vorbei. So etwas kann mich geradezu traurig stimmen. Wenn ich nämlich im Laufe der Zeit alles entdeckt habe, dann bleiben mir ja gar keine Sensationen mehr, und die liebe ich doch so. Neulich konnte ich abends deswegen kaum einschlafen.

Samstag

Anfangs konnte ich mir beim besten Willen nicht vorstellen, wozu ich eigentlich erschaffen wurde. Doch jetzt glaube ich es zu wissen: um die Geheimnisse dieser wunderbaren Welt zu entdecken und um glücklich zu sein und dem Spender aller Gaben dafür zu danken, daß er alles erdachte. Wie ich annehme, ist noch mancherlei zu erforschen, jedenfalls hoffe ich es. Und wenn ich mich nicht überstürze bei meinen Versuchen, sondern sie mir hübsch einteile, kann ich noch wochenlang etwas davon haben. Hoffentlich! Wenn man eine Feder in die Luft wirft, segelt sie davon und entschwindet dem Blick. Wirft man aber einen Erdklumpen hoch, dann denkt er gar nicht daran, davonzusegeln und zu entschwinden. Jedesmal fällt er wieder auf die Erde herunter. Unzählige Male habe ich den Versuch wiederholt, und immer bleibt es dabei. Ich möchte wohl wissen, warum. Natürlich fällt er nicht, es sieht bloß so aus. Aber warum sieht es so aus? Vermutlich eine optische Täuschung. Ich meine: das eine oder das andere muß eine optische Täuschung sein. Aber welches von beiden – das weiß ich nicht. Vielleicht das Davonsegeln der Feder, vielleicht das Herabfallen des Erdklumpens. Ich kann es unmöglich beweisen. Ich kann nur behaupten, daß eins von beiden Schwindel ist, und jeder mag sich aussuchen, was ihm paßt.

Durch aufmerksames Beobachten habe ich entdeckt, daß die Sterne nicht haltbar sind. Sie schmelzen. Ich sah selbst einige der Allerbesten, wie sie schmolzen und den Himmel hinunterliefen. Wenn aber einer schmilzt, können sie alle schmelzen, und wenn sie alle schmelzen können, kann es sich in ein und derselben Nacht ereignen. Dieses Unglück steht uns bevor, ich weiß es! Darum möchte ich gern jeden Abend aufbleiben und sie anschauen, solange ich mich nur irgend wachhalten kann, um meinem Gedächtnis die funkelnden Gefilde einzuprägen. Wenn sie dann verschwunden sind, kann ich wenigstens in Gedanken die herrlichen Stern-Myriaden an den Himmel zurückversetzen, sie wieder erstrahlen lassen und im Tränenschimmer doppelt sehen.

Ende des zweiten Teils von Evas Tagebuch

« Hat man dir je gesagt, daß du schnarchst? »

Sonntag

Wenn ich zurückschaue, kommt mir der Park wie ein Traum vor. Es war sehr schön, unbeschreiblich schön und bezaubernd. Und jetzt ist er verloren. Ich werde ihn nie wiedersehen.

Der Park ist verloren, und doch bin ich zufrieden, denn ich habe *ihn* dabei gefunden. Er liebt mich, so gut er es versteht, und ich liebe ihn mit der ganzen Glut meines leidenschaftlichen Herzens, und das ist, glaube ich, auf meine Jugend und auf mein Geschlecht zurückzuführen. Wenn ich mir die Frage vorlege, warum ich ihn liebe, so merke ich, daß ich es nicht weiß und eigentlich auch nicht wissen will. Daraus schließe ich, daß diese Art Liebe nicht ein Produkt aus Statistik und verstandesmäßigen Überlegungen ist wie die Liebe zu andern Tieren und Reptilien. Vielmehr glaube ich, daß es sich folgendermaßen verhält: Ich liebe manche Vögel wegen ihres Gesanges, aber Adam liebe ich nicht wegen seines Gesanges. Nein, o nein! Je mehr er singt, desto schwerer fällt es mir, mich daran zu gewöhnen. Trotzdem fordere ich ihn auf zu singen, denn ich möchte lernen, alles gernzuhaben, was ihn interessiert. Ich bin überzeugt, daß ich es erlernen werde, denn zuerst konnte ich seinen Gesang nicht ertragen, und jetzt kann ich's wenigstens schon aushalten. Zwar wird die Milch dabei sauer, aber was macht's? Ich kann mich leicht an saure Milch gewöhnen.

Ich liebe ihn auch nicht wegen seiner Intelligenz. Nein,

o nein! Man kann ihn nicht dafür tadeln, daß seine Intelligenz so ist, wie sie nun mal ist, denn er hat sie ja nicht selber gemacht. Sie ist so, wie Gott sie machte, und das genügt. Denn dem muß ja ein weiser Sinn zugrunde liegen, so viel weiß ich bestimmt. Mit der Zeit wird sie sich schon noch entwickeln, obwohl ich nicht glaube, daß sich so etwas sehr plötzlich vollziehen kann. Und überdies eilt es ja auch nicht.

Er ist mir recht, so wie er ist.

Ich liebe ihn auch nicht wegen guter Manieren und feiner, rücksichtsvoller Art. In dieser Hinsicht weist er Lücken auf, aber er ist mir recht, so wie er ist, und er macht ja Fortschritte.

Ich liebe ihn auch nicht wegen seines Fleißes, nein, o nein! Ich glaube, er hält absichtlich damit zurück, und ich begreife nicht, warum eigentlich. Er verbirgt es mir, und das ist mein einziger Kummer. In allen andern Dingen gibt er sich jetzt rückhaltlos offen. Ich bin ganz sicher, daß er mir nichts verheimlicht, abgesehen von dieser einen Sache. Es betrübt mich, daß er ein Geheimnis vor mir hat, und manchmal verfolgt es mich bis in meinen Schlaf hinein, aber ich will nicht mehr daran denken.

Ich liebe ihn auch nicht wegen seiner Bildung. Nein, o nein! Er ist Autodidakt und hat ein beträchtliches Wissen, nur besteht es zum größten Teil aus Irrtümern. Ich liebe ihn auch nicht wegen seines ritterlichen Wesens. Nein, o nein! Er hat schlecht von mir gedacht, aber dafür tadle ich ihn nicht. Ich glaube vielmehr, daß es eine Geschlechtseigentümlichkeit ist, und dafür kann man ihn nicht verantwortlich machen. Ich habe natürlich nie über ihn geredet, lieber hätte ich mir die Zunge abgebissen. Aber das ist vermutlich eine Geschlechtseigentümlichkeit von mir, und ich bin nicht weiter stolz darauf, denn ich habe mich ja nicht gemacht.

Woher kommt es also, daß ich ihn liebe? Nur, weil er männlichen Geschlechts ist, scheint mir.

Im Grunde ist er gut, und ich liebe ihn deswegen. Aber ich würde ihn auch sonst lieben. Wenn er mich schimpfen und schlagen würde, liebte ich ihn doch weiter. Ich weiß es. Vermutlich auch eine Geschlechtseigentümlichkeit meinerseits.

Er ist kräftig und hübsch, und deswegen liebe ich ihn auch. Ich bewundere ihn und bin stolz auf ihn, aber auch ohne diese Eigenschaften könnte ich ihn lieben. Wenn er häßlich wäre, würde ich ihn doch lieben. Ich würde für ihn arbeiten, mich für ihn abmühen, für ihn beten und bis zu seinem letzten Atemzuge an seinem Lager sitzen.

Ja ich glaube tatsächlich, daß ich ihn nur liebe, weil er mir gehört und männlichen Geschlechts ist. Ich sehe keinen andern Grund.

Und deshalb ist es so, wie ich anfangs feststellte: diese Art Liebe ist nicht ein Produkt aus Überlegungen und Statistik. Sie ist einfach da – und niemand weiß, woher sie kommt. Sie ist unerklärbar. Und das ist auch gut so.

Das ist meine Einstellung. Aber ich bin nur eine Frau, noch dazu die erste, die diese Fragen untersucht hat, und es kann sich sehr wohl erweisen, daß ich mich in meiner Unerfahrenheit und Unwissenheit geirrt habe.

VIERZIG JAHRE SPÄTER

Sonntag

Ich scheue mich, einen Gedanken niederzuschreiben, der mich in der letzten Zeit immer mehr beschäftigt und der meinen Töchtern, denen dieses Tagebuch einmal zukommen soll, recht sentimental erscheinen mag: Ich hoffe, mit Adam sterben zu dürfen. Ich kann mich nicht erinnern, daß ich jemals etwas so sehnlichst gewünscht habe. Die Vorstellung, daß er vor mir sterben könnte, erschüttert mich. Wenn wir nicht gemeinsam aus dem Leben scheiden dürfen, dann soll Gott mich zuerst abberufen. Denn Adam ist stark, und ich bin schwach. Er braucht meine Kraft nicht so notwendig wie ich die seine ...
Seltsam, wie ich in diesen Zeilen die sentimentalen Gedanken und die glühenden Schwüre aus den ersten Tagen unserer Liebe wiederzuerkennen glaube. Es scheint, daß das Wesen der Liebe sich wenig zu ändern vermag, und ich wäre nicht erstaunt, wenn es sich auch für meine Töchter als ebenso unwandelbar erweisen würde und für alle Frauen, die nach ihnen kommen ...

ADAM AN EVAS GRAB

Wo SIE war, da war das Paradies.

Ende

PERSONALIEN

MARK TWAIN. *Pseudonym des amerikanischen Schriftstellers Samuel Langhorne Clemens, geboren* 30. 11. 1835 *in Florida; gestorben am* 21. 4. 1910 *in Redding, Connecticut. Weltberühmt durch seine humoristischen Erzählungen und vor allem durch seine Lausbubengeschichten von «Tom Sawyer» und «Huckleberry Finn».*

JEAN EFFEL. *Französischer Zeichner und Karikaturist. Geboren* 12. 2. 1908. *Machte auch die Zeichnungen zu den beiden Büchern von Ina van der Beugel «Was Adam über Eva denkt» und «Was Eva über Adam denkt» sowie zu Thaddäus Trolls «Teufel auf Reisen».* [*Alle Sanssouci-Verlag*]